I0730625

RELATION

DE LA FÊTE DES ROIS,

SOLENNISÉE A DIJON

*Par la Garde nationale réunie en totalité
à un banquet dans les salles des États de
Bourgogne, (Palais de Monsieur.)*

A DIJON,

CHEZ FRANTIN, IMPRIMEUR DU ROI.

1816.

RELATION

De la Fête des Rois, solennisée à Dijon par la Garde nationale réunie en totalité à un banquet dans les salles des États de *Bourgogne, (Palais de* Monsieur *), le Samedi 6 Janvier 1816, l'an 2.*e *de la restauration.*

La Garde nationale de Dijon, qui, dans ses rangs, compte l'élite des citoyens de cette ville, éprouvait depuis long-temps le désir de se réunir à un banquet amical et véritablement fraternel. Ce désir était pour les ames un besoin pressant. Dans ce rapprochement des individus, et surtout des cœurs, chacun se proposait de réchauffer en quelque sorte, dans un foyer commun, son dévoûment sincère au plus Désiré des Monarques, et de se féliciter, après tant et de si dures épreuves, de l'avoir vu triompher de la défection, des trahisons, et de ces crimes qui, multipliant leurs formes, ont aussi multiplié nos désastres. Cette réunion avait encore pour objet de s'affermir dans le solennel engagement de défendre jusqu'à la mort le Roi et la Patrie, désormais inséparables ; de faire exécuter les lois dans toute leur étendue, et de protéger la tranquillité publique contre les individus, quels qu'ils fussent, qui tenteraient de la troubler. Ces nobles sentimens de fidélité au Roi, qui, pendant les temps les plus déplorables, et malgré le prestige des plus mensongères apparences, ont, dans la majorité des ames, signalé la loyauté bourguignone, avaient besoin de prendre leur essor après avoir échappé à la double compression des factieux et des étrangers.

L'époque de ce rapprochement se présentait naturellement et ne pouvait manquer d'être saisie. La *fête des Rois*, fête éminemment consacrée aux réunions de famille, offrait à la fois, par son nom, autant que par son objet, le jour le plus convenable à ce banquet fraternel.

Il semblait que c'était pour préluder à la réunion dès long-temps projetée de la totalité de la Garde nationale, que, dès le 5 décembre, les canonniers avaient célébré la Sainte Barbe, dans un banquet où chacun des assistans avait exprimé, de la manière la plus franche et dans l'enthousiasme le plus spontané, les sentimens qui sont dans le cœur de tous les Français. Ce banquet, cette petite fête, les impressions touchantes que ce rapprochement avait excitées et laissait dans les ames émues, fesaient désirer plus vivement encore la réunion du 6 janvier, destinée à rallier en un seul faisceau, comme à un même banquet, tous les membres de la grande famille de la garde nationale de Dijon.

Le 6 janvier, ce jour si vivement désiré, ce jour attendu avec impatience par tous les bons citoyens, arriva enfin.

La veille, au soir, les canonniers avaient placé sur l'esplanade, au-delà de la porte Condé, plusieurs pièces d'artillerie. Trois salves, tirées à peu d'intervalle, annoncèrent la fête du lendemain.

Le 6, de nouvelles salves se sont fait entendre dès le point du jour.

A dix heures et demie, la Garde nationale s'est réunie dans la cour du Palais des Etats de Bourgogne ou de MONSIEUR : les compagnies d'artilleurs, de grenadiers, de chasseurs et de sapeurs-pompiers, ainsi que la garde à cheval, étaient en grande tenue d'hiver.

Ces compagnies, formées et dans le meilleur ordre, se sont rendues à onze heures devant l'Hôtel-de-Ville, pour y procéder, dans le corps-de-garde, à l'inauguration du buste de SA MAJESTÉ. Un officier, un sous-officier et trois soldats de chaque compagnie ont été désignés pour la représenter à cette cérémonie. L'inauguration du buste révéré a eu lieu avec cette décence, ce respect qui caractérisent si bien les sentimens qui animent tous les vrais Français pour le meilleur des Rois. M. le baron Durande, membre de la légion d'honneur et maire de la ville, l'état-major de la garde nationale et les députations de chaque compagnie avaient pris place dans le corps-de-garde. Alors, aux cris unanimes de vive le Roi ! répétés au dehors par tous les militaires de la garde nationale et par les nombreux assistans que cette cérémonie avait attirés, un des officiers de l'état-major a placé le buste sur le piédestal destiné à le recevoir.

A cette occasion, M. le maire a prononcé le discours suivant :

« Brave garde nationale !

« Vous ne pouviez choisir, pour l'inauguration du buste de notre bien aimé Monarque, un jour plus propice et plus en harmonie avec les sentimens dont vous êtes animés ! Nous le dirons à la face de l'Europe (et tous les Monarques le répéteront avec nous), Louis XVIII, par ses vertus éminentes, fait la gloire et l'ornement du diadême ; il est le sauveur, le régénérateur de la France, et sa présence sur le trône nous est un gage certain de la paix et de la tranquillité de l'Europe. C'est donc à notre bon Monarque qu'appartiennent plus spécialement les hommages que l'on doit rendre à la fête des Rois. Prosternons - nous devant cette image auguste, qui commande le respect et l'admiration. Que, dans ce lieu où se réunissent les soutiens de l'ordre et de la tranquillité publique, ce buste maintienne parmi vous cet amour de la paix, cet esprit d'union d'où dépendent notre bonheur et notre salut ; que nulle rixe, nulle querelle, qu'aucun propos déplacé n'altèrent jamais la pureté de ce lieu, devenu sacré par l'image des vertus et de la bienfesance.

« Le trône de notre bon Roi est resplendissant de gloire et de vertus ; c'est à nous à l'environner de ces sentimens que suggèrent la religion, l'honneur et la patrie, et qui seuls peuvent assurer à jamais votre bonheur, celui du Roi; je dis plus, celui de l'Europe entière.

« Qu'il m'est précieux d'être en ce jour l'interprète de tels sentimens ! mon regret est de ne pouvoir trouver d'expressions pour dépeindre ce que vous sentez si bien; mais il est diminué par la satisfaction que j'éprouve en remplissant une tâche dont la reconnaissance me fait un devoir, c'est de déclarer publiquement tout ce que je dois à votre louable conduite et à votre bon esprit : c'est vous, messieurs, qui, par votre exemple, par votre zèle et par votre dévoûment, m'avez soutenu et encouragé dans la carrière de l'honneur.

« Comme vous, messieurs, je serai toujours fidèle à mon Roi légitime ; comme vous, messieurs, je le défendrai jusqu'à la dernière goutte de mon sang; et, comme vous, messieurs, je me glorifîrai d'avoir pour devise, *honneur* et *fidélité*, et pour rallîment ces mots sacrés qui sont l'effroi des factieux, et qu'un bon Français ne prononce jamais qu'avec respect et attendrissement :

« Vive le Roi ! Vivent les Bourbons ! »

M. le marquis d'Agrain, chevalier de S^t.-Louis, colonel de la garde nationale, a improvisé un discours, dont voici les principales expressions :

« Monsieur le Maire,
« La Garde nationale, que j'ai l'honneur

de commander, s'empressera toujours de seconder votre administration, dans laquelle vous avez su vous distinguer par un dévoûment sans bornes pour le service du Roi et celui de vos administrés, pendant les tems difficiles que nous venons de traverser.

« Amour et fidélité à notre légitime Souverain, paix et concorde dans la cité, est la devise que la Garde nationale de Dijon s'efforcera toujours de mériter.

« Vive le Roi ! »

A la suite de ces deux discours, au mérite et à l'à-propos desquels le caractère bien connu de M. Durande et de M. d'Agrain, et leur dévoûment sincère au Roi comme aux intérêts de leurs concitoyens, ajoutaient un nouveau prix, les cris de *vive le Roi !* ont exprimé l'allégresse générale, et se sont répétés avec un enthousiasme simultané. Trois décharges de mousquetterie exécutées par un peloton de grenadiers, ont terminé cette cérémonie, tribut de véritable piété filiale, offert au meilleur des Pères par ses enfans les plus dévoués.

M. le maire, ayant à sa droite M. le colonel et l'état-major, s'est placé à la tête de la Garde nationale ; ils se sont rendus à l'église paroissiale de Saint-Michel, où se trouvaient M. le lieutenant-général comte Ricard, pair de France, commandant la 18.ᵉ division militaire, accompagné de son état-major ; M. le comte de Choiseul, chevalier de Malte et de la Légion-d'Honneur, préfet du département, avec le conseil de préfecture et plusieurs des principaux fonctionnaires publics du département. M. l'abbé Collin, vicaire-général, membre de la Légion-d'Honneur, premier aumônier de la Garde nationale, a célébré une messe basse, pendant laquelle, après l'Evangile, il a prononcé le discours suivant :

« Si la Religion a ses solennités d'éclat qui rappellent aux fidèles la grandeur de son origine, l'Etat a aussi ses fêtes chéries auxquelles se rattachent des souvenirs précieux qui élèvent l'ame et renouvellent dans ses enfans les plus nobles affections pour le Père de la grande famille, pour le Roi ! Celle que nous célébrons aujourd'hui, Messieurs, réunit tout-à-la-fois ces graves et douces considérations ; et, ce qui honore les sentimens qui vous animent, c'est que c'est au pied des autels que vous venez vous-mêmes faire hommage de votre dévoûment et de votre amour pour le meilleur des Rois !

« Ah ! loin de vous, Messieurs, la pensée, que, si nous élevons la voix parmi vous, dans ce beau jour, nous croyons nécessaire de vous pénétrer d'un plus grand dévoûment pour notre auguste Monarque, et d'exciter en vous des sentimens plus éclatans de respect et d'attachement pour son gouvernement paternel ; ce serait vous faire injure : nous n'avons au contraire qu'à admirer ce zèle soutenu, cette loyauté franche, ce noble enthousiasme que vous manifestez pour la plus sainte des causes. Destinés à entretenir

*

au sein de l'Etat la paix et le bonheur, à protéger la tranquillité publique, prêts à développer toute votre bravoure dans des circonstances qui deviendraient difficiles, nous aurions bien plus, s'il était possible, à modérer votre zèle qu'à l'enflammer !

« Je ne viens donc que partager votre allégresse et vos satisfactions, proclàmer avec vous, que *la révolution est finie*, car voilà ce que votre réunion nous apprend ; oui, *la révolution est finie*, parce que nous avons tous retrouvé notre caractère, et que ce sentiment pour nos Rois, qui, comme le feu sacré, exista toujours dans nos cœurs, s'est développé en nous avec une expansion et une franchise qui n'ont jamais eu d'exemple chez aucun peuple. Oui, Messieurs, répétons-le avec cet accent de la conviction qui ne laisse plus d'espoir à de nouveaux orages politiques, *la révolution est finie*. Des théories plus brillantes que réelles, plus séduisantes qu'utiles, ont assez et trop long-temps égaré les esprits. Désolantes doctrines, elles ont semé partout la terreur et la mort ; elles ont corrompu les cœurs, dénaturé notre caractère. Qu'ils s'effacent à jamais de notre mémoire, ces jours de deuil et d'effroi ! Disparaissez, nuages trompeurs, qui nous dérobiez la vérité ; le jour a paru, tous les vains fantômes doivent s'évanouir !

« Elevés, par les derniers efforts d'une ambition désordonnée, jusqu'au plus haut degré d'une gloire trompeuse, nos dernières disgrâces apprendront à la postérité, que le plus grand malheur pour une nation, c'est de figurer avec trop d'éclat dans les annales de l'histoire ; nous ambitionnerons désormais une gloire plus solide, plus réelle, celle de la sagesse, cette vraie grandeur, qui est le résultat naturel de toutes les vertus religieuses, morales et politiques. Placés dans la position peut-être la plus critique qui fut jamais, nous tirerons de nos malheurs passés cette grande et utile leçon, que, si tout doit avoir ses bornes, la gloire a aussi ses limites.

« Montrons donc à l'Europe étonnée peut-être de ce que la France soit encore debout après de si grandes catastrophes, que nous sommes toujours ce même peuple qui fut le modèle de tous les autres ; que la France fut long-temps la nation la plus religieuse, la plus polie, la plus fidèle à sa parole et la plus dévouée à ses Souverains légitimes. Soyons Français, Messieurs, c'est là notre nom, c'est là toute notre gloire ; qu'une union inaltérable fasse de nous tous, ce faisceau indestructible qui résiste à tous les efforts ; pressons-nous tous autour de notre Roi, c'est là notre port assuré, notre force et notre bonheur : car, hors du Roi, Messieurs, il n'est point de salut pour la France !

« Quelle noble franchise ne recouvre pas aujourd'hui notre ministère ! il n'est plus avili par ces expressions de *soumission*, d'*obéissance*, de *résignation*, sous l'autorité qui gouverne. Fidélité, dévoûment, amour pour son Roi, voilà les sentimens qu'il nous est gracieux de réveiller dans tous les cœurs, les seuls qui conviennent aux Français ! On ne parle aux tyrans qu'en paraboles ; mais, sous le règne des Bourbons, la religion, la justice et la vérité ont retrouvé toute leur dignité, leur force et leur empire.

« C'est donc dans cet esprit que nous nous permettons de vous dire, Messieurs, que nous devons attendre, avec autant de calme que de confiance, des intentions paternelles et de la haute sagesse de notre auguste Monarque, les lois les plus propres à notre situation, les plus convenables aux intérêts de la France, ces lois qui fixeront pour toujours notre bonheur. Non, Messieurs, ne précipitons rien, ne devançons pas les temps : tout ce qui est mûri par la réflexion du sage, reçoit une empreinte durable. Car, vous le savez, les lois organiques d'un peuple sont l'ouvrage des siècles; eux seuls peuvent leur donner le sceau immuable de l'immortalité.

« De grands sacrifices, Messieurs, ont été jugés nécessaires, et c'est parce que le plus sage des Rois a bien pensé de nous, qu'il se les est imposés. Concourons donc tous à soulager son ame royale du poids de semblables transactions ; tout est ici de sentiment; et que le fardeau est léger, quand c'est le cœur qui le porte ! Un grand peuple nous a donné, il y a peu, une mémorable preuve de tout son amour pour son Prince : il a vu la couronne chanceler sur la tête de son Souverain...., un conquérant dévastateur s'asseoir sur le trône des Césars........ Alors plus de bornes au dévoûment; tous volent au secours de l'Etat, et tous font, sans murmurer, le sacrifice de toutes les jouissances du luxe et de la vanité. Sauvons la

France, Messieurs, par les plus nobles sacrifices ; mettons tous, s'il m'est permis de parler ainsi, nos intérêts et notre fortune en commun, et apprenons aux nations étrangères que la France ne périra jamais, parce que tout a pu être perdu, *fors l'honneur*; et qu'avec l'honneur français, tout nous est possible !

« Qu'il est flatteur pour nous, Messieurs, d'avoir à parler parmi vous, sûrs que nos paroles porteront des fruits heureux pour le bonheur de la France ; car, que vois-je ici de toutes parts dans cette noble réunion composée de tous les états, de toutes les classes, de toutes les conditions? Elle est présidée par ce vaillant capitaine, toujours fidèle à la fortune de son Roi, et plus recommandable peut-être à nos yeux, par l'éclat de son dévoûment que par celui de ses hauts faits et de l'éminente dignité dont il est revêtu. Ici une jeunesse toute bouillante d'ardeur, toute brillante d'espérance, l'honneur de la génération présente; là des guerriers qui ont versé leur sang pour leur Roi, sous la conduite du Nestor des capitaines de l'Europe * ; plus loin des guerriers couverts de blessures, en défendant dans un temps la patrie, tous également dignes d'éloges; car c'était aussi du sang français, Messieurs, et il n'est jamais versé sans honneur. Disons-le en un seul mot : une réunion animée du meilleur es-

---

* S. A. S. Mg.ʳ le Prince de Condé, ancien Gouverneur de la Bourgogne ; héros dont le nom est resté aussi cher aux habitans de cette Province qu'aux braves qui ont combattu sous ses ordres.

prit, jalouse de rivaliser de dévoûment avec toutes les autres parties de la France, et liée par une fraternité de cœur qui honore la plus belle des causes, et en assure à jamais le triomphe.

« Que cette heureuse époque, Messieurs, soit donc marquée par l'expression franche de nos sentimens; que, dans ce jour solennel et mémorable, nous protestions d'être fidèles à notre Roi et à la dynastie successive des Bourbons; que cette promesse sacrée, déposée sur nos autels, devienne dans tous les temps la règle de notre conduite et la réponse à tous les événemens. Et dans le noble enthousiasme qui vous transporte, jurons, Messieurs, de tout sacrifier pour le Roi, de le seconder de tous nos efforts et de mourir pour le Roi! *Moriamur pro Rege nòstro Ludovico!* Dieu tout puissant, recevez ces sermens! ils partent d'un cœur pénétré : ce sont ces mêmes sujets, toujours fidèles à la Religion de leurs pères, malgré les orages de la révolution, qui les prononcent : Oui, Seigneur, protégez le Roi, et la France est sauvée! »

Le *Domine salvum fac Regem*, entonné à la fin de cet office, franche expression des pensées et des cœurs, a porté vers les cieux les vœux de tous les assistans pour la conservation et le bonheur du meilleur des Monarques.

Pendant la messe, deux officiers de la garde nationale ont parcouru l'église et fait une quête pour les pauvres, que l'on voulait

associer au bonheur de cette fête , où la bienfesance aussi devait occuper sa place.

A l'issue de l'office , vers une heure après
midi , la garde nationale et tout le cortège
se sont mis en marche pour la Place royale.
Là , devant M. le lieutenant général et M.
le préfet , cette garde a défilé ; elle a exécuté
avec précision plusieurs manœuvres , après
lesquelles les compagnies se sont séparées
pour aller déposer leurs armes.

M. le lieutenant général, M. le premier président de la cour royale , M. le préfet , M. le
maire , M. l'inspecteur des Gardes nationales
du département, MM. les officiers supé-
rieurs et de l'état major , ainsi que plusieurs
fonctionnaires publics , invités au banquet,
s'y sont rendus aussitôt après la parade.

Douze salles décorées du buste de Sa
Majesté , et fesant partie du palais des
Etats de Bourgogne , avaient été disposées
pour le banquet , et devaient recevoir sept
cents convives. C'est dans ces différentes
salles que ces convives ont pris place. La
quatrième pièce , connue sous le nom de
Salle des Elus , avait été destinée à une table
en fer-à-cheval , où deux cents couverts
étaient réservés aux personnes invitées. M.
le colonel de la garde nationale fesait les
honneurs de cette table. On lisait au pied
d'un buste du Roi , placé dans cette pièce ,
le quatrain suivant composé par une Dame
de Dijon:

> Contemple ici la douce image
> De ce bon Roi tant *désiré* :
> Entre les Souverains reconnais le plus sage ;
> De ses sujets heureux vois le plus adoré.

Il existait au fond de toutes les ames trop d'égalité entre les sentimens que cette cérémonie excitait, pour que l'on dût songer à ne pas observer cette égalité dans les rangs du banquet : aussi, comme toutes les affections se confondaient dans un seul sentiment, le dévoûment au Roi , tous les militaires de la Garde nationale, grenadiers , chasseurs, artilleurs, pompiers, cavaliers, officiers et soldats, fonctionnaires publics, gentilshommes, artisans, simples citoyens, tous égaux dans leurs principes, unanimes dans leurs vœux, tous sans distinction ont pris place aux diverses tables des salles.

Le repas a commencé aux cris mille fois réitérés de *Vive le Roi !* répétés dans toutes les salles, et par tous les convives.

Pendant le repas , la musique a joué avec beaucoup d'expression ces airs qui seront toujours chers aux Français , en même temps qu'ils étaient analogues à la cérémonie. Les airs *Vive Henri quatre ! Où peut-on être mieux qu'au sein de sa famille?* et plusieurs autres, exprimaient les sentimens de l'assemblée , et fesaient naître les plus douces allusions.

Parmi les divers toasts qui ont été portés pendant le repas, dans la quatrième salle , et répétés dans toutes les autres par les officiers qui y fesaient les honneurs des tables, on a remarqué ceux qui suivent :

I. Au Roi : par M. le marquis d'Agrain.

II. A S. A. R. Monsieur, frère du Roi , colonel-général des gardes nationales du royaume : par M. le comte Ricard.

III. A S. A. R. Mgr. le duc d'Angoulême : par M. le comte de Choiseul.

IV. A S. A. R. Madame, duchesse d'Angoulême : par M. de Monceau, premier président.

V. A S. A. R. Mgr. le duc de Berri : par M. le comte de Barjon, colonel, chef d'état-major de la 18.e division militaire.

VI. A S. A. S. Mgr. le prince de Condé : par M. le marquis d'Andelarre, inspecteur des gardes nationales du département de la Côte-d'Or.

Ces toasts, et plusieurs autres, ont été accueillis avec enthousiasme, tant à cause des sentimens qu'ils exprimaient, qu'à cause des personnages éminens qui les portaient, magistrats ou militaires, tous recommandables par la pureté de leurs principes, par leurs talens et leur mérite, ainsi que par les grands services qu'ils ont rendus à la ville, au département, à la patrie et au Roi.

A chacun de ces toasts, des pièces de canon, placées dans la cour du palais où se fesait le banquet, donnaient au loin, par de fréquentes décharges, le signal de l'allégresse, et fesaient répéter leurs salves par l'artillerie établie hors la ville, sur l'esplanade de la porte Condé.

Parmi les diverses chansons qui, dans les douze salles du banquet, étaient entonnées par les convives, et dont plusieurs avaient été composées par eux, on a sur-tout applaudi aux sentimens que les suivantes exprimaient, comme au talent des poëtes qui les avaient composées.

AIR : Du Réveil du Peuple.

Le verre en main, chers camarades,
A mes chants unissez vos voix :
Célébrons par mille rasades
Notre antique *fête des Rois*.
Même sentiment nous inspire,
Nous n'avons tous qu'un même cœur :
Notre mot d'ordre, on peut le dire,
Est LE ROI, LA FRANCE, L'HONNEUR.

Le grenadier, d'un cœur sincère,
Fraternise avec le chasseur :
Le cavalier choque son verre
Contre celui de l'artilleur ;
A ce bruit, si rempli de charme,
Qui du Bourguignon peint la foi,
Nous sommes tous de la même arme ;
Nous sommes tous soldats du Roi !

Ah ! de cette union chérie,
Resserrons sans cesse les nœuds :
Enfans de la même patrie,
Formons toujours les mêmes vœux.
Aux festins, comme aux jours d'alarmes,
Ou francs buveurs, ou bons soldats,
Que chacun trouve un frère d'armes
Pour voler aux mêmes combats !

Mais, dans le transport qui m'enflamme,
Amis, j'aperçois parmi nous
Ce général dont la grande ame
Du tyran brava le courroux.
La renommée au loin publie
Sa vaillance et sa bonne foi :
Il sut défendre sa patrie,
Et dans l'exil suivre son Roi.

De ce bon Roi parlons encore :
Ah! peut-on l'oublier jamais !
On le bénit ; chacun l'adore :
Il est l'idole des Français !
Sur son trône ou loin de la France,
Toujours grand, toujours généreux,
Promt à pardonner qui l'offense,
Il ne veut que nous rendre heureux !

Par M. Morel, Conseiller-Auditeur à la Cour royale, grenadier de la 2.ᵉ compagnie.

———

AIR : *Du pas redoublé.*

Amis, chantons tous en ce jour
 La Famille chérie,
Du Français la gloire et l'amour,
 L'espoir de la Patrie :
D'un Roi, l'idole des Français,
 Chantons la bienfesance,
Et répétons : vive à jamais
 Les Bourbons et la France !

Sous le poids d'un règne oppresseur,
 Un tyran en délire,
Sur les larmes et la douleur
 Crut fonder son empire :
Mais du Ciel vengeur le courroux
 Éclate et met en poudre
Ce tyran qui d'un Dieu jaloux
 Osa braver la foudre.

Mais quelle voix, dans le lointain,
 Vient conjurer l'orage ?
Un rayon pur brille, et soudain
 On voit fuir le nuage....
L'onde approche et montre à nos yeux
 Qui ?. . . Du Ciel la clémence
Rend à ce peuple malheureux
 Louis et l'espérance.

Amis , enfin les jours de deuil
    Ont fini pour la France ;
Désormais plaçons notre orgueil
    Dans l'oubli, la clémence :
Si jamais un usurpateur
    Vient souiller la patrie ,
Jurons que notre bras vengeur
    Terminera sa vie.

Soyons à toi jusqu'à la mort ,
    Famille auguste et chère ;
Nous jurons d'unir notre sort
    A l'antique bannière.
Des BOURBONS écoutant la voix ,
    Nous irons à la gloire :
Ils sont toujours, comme autrefois,
    Enfans de la victoire.

Par un grenadier de la 1.re compagnie.

AIR : *Un Paladin sur son coursier.*

Ils ne sont point finis pour nous ,
Braves amis , nos jours de fête :
Déjà , sous un astre plus doux ,
J'ai vu s'éloigner la tempête.
Notre ROI , long-temps regretté ,
Nous rend la paix et l'allégresse ;
Qu'ici nos cœurs, dans une sainte ivresse ,
Lui jurent tous Amour , Fidélité !   (*bis.*)

Oui , sans crainte , à notre bon ROI
De notre amour offrons l'hommage :
Dans le calme il eut notre foi ,
Il l'eut encor pendant l'orage.
Tandis que le crime indomté ,
Sur nous déchaînait sa furie ,
De notre cœur la devise chérie ,
Fut constamment Amour , Fidélité !   (*bis.*)

« Brisons le sceptre de Louis,
A dit l'impie en son délire :
« La vertu règne avec les lis ;
« Du crime éternisons l'empire.
Louis, à leur férocité,
Oppose encor la voix d'un père....
Ingrats enfans ! quel autre sur la terre
Méritait mieux Amour, Fidélité ?   (*bis.*)

Ah ! qu'il règne à jamais sur nous
Le Père, l'ami de la France !
Du Ciel il fléchit le courroux,
Il comblera notre espérance.
Amis ! à la félicité
Louis déjà vient de nous rendre,
Puisque aujourd'hui nous pouvons faire entendre
Le cri d'Amour et de Fidélité !   (*bis.*)

Louis ! un combat glorieux
Chaque jour entre nous s'engage,
A qui te servira le mieux,
A qui t'aimera davantage.
Quelle douce fraternité
Préside à cette aimable lutte,
Où, dans les rangs, notre zèle dispute
Le prix d'Amour et de Fidélité !   (*bis.*)

*Par M. Frédéric GUENEAU DE MUSSY, Garde
à cheval.*

A la fin du repas, M. le colonel de la garde nationale, interprète du vœu de ses frères d'armes, qui avaient remarqué que M. le lieutenant-général portait le ruban de son lis avec le liséré des braves Toulousains, et qui désiraient qu'il y associât les couleurs de la garde Dijonnaise, l'a prié de vouloir bien y joindre le ruban blanc à liséré vert qu'elle reçut l'an dernier de la munificence de MONSIEUR, FRÈRE DU ROI. M. le lieutenant-général s'est prêté, avec beaucoup de grâce et d'empressement, au désir exprimé par les assistans, et qui ne pouvait trouver de plus aimable interprète que M. le colonel d'Agrain.

Cet acte d'obligeante affabilité et de complaisance affectueuse n'est pas le seul dont on ait été redevable à M. le comte Ricard. Vers la fin du repas, on a remarqué, avec autant d'intérêt que de reconnaissance, qu'il s'était rendu, avec M. le préfet et M. le colonel, dans toutes les salles du banquet, et avait voulu s'y associer un moment à l'allégresse qui y régnait, autant qu'aux bons sentimens qui y étaient manifestés, en prenant successivement, à chacune des tables, le verre d'un militaire, et y portant, avant de le vider, la santé du Roi et de son auguste dynastie.

Le banquet, commencé à une heure, a été terminé à quatre heures. M. le lieutenant-général, M. le Préfet, et les principaux fonctionnaires, ont été reconduits à leurs hôtels.

A l'heure du spectacle, la plus grande partie des convives s'est rendue au théâtre, où l'on jouait plusieurs pièces analogues à l'objet de la fête. Toutes les allusions au Roi, et au bonheur que son règne promet à la France, ont été saisies avec enthousiasme. Pendant les entr'actes, la musique exécutait les airs chéris des bons Français, et tout le parterre entonnait des couplets en l'honneur du Roi et de son auguste famille. Le spectacle a été terminé par une cantate de M. de Dillon, sur le retour de SA MAJESTÉ dans son royaume.

Pendant toute cette journée, ou plutôt cette fête, qui laissera ici de doux et durables souvenirs, et qui, par l'unanimité et la pureté des sentimens manifestés, a prouvé avec évidence que, lorsqu'elle est libre, l'opinion publique exprime sans équivoque l'amour pour le ROI et le dévoûment à ses volontés; pendant ce jour, où l'allégresse et l'enthousiasme eussent fait excuser quelqu'irrégularité, il est vrai de dire que l'ordre et la décence ont toujours et par-tout régné; que même le service s'est fait constamment avec la plus grande exactitude; que nul accident fâcheux n'a troublé ces doux momens d'affection, de cordialité, de franchise et de concorde. Comme aux plus belles époques de la monarchie, le cri mille et mille fois répété de *vive le Roi! vivent les Bourbons!* a été aussi énergiquement prononcé par toutes les bouches, que profondément senti par tous les cœurs. Les Bourguignons ont ainsi prouvé qu'il n'existe, en aucune province du royaume, de citoyens plus dévoués qu'eux au ROI, plus invariablement attachés à la Charte, plus reconnaissans des bienfaits du MONARQUE, et plus déterminés à défendre, jusqu'au dernier soupir, ce PRINCE adoré et l'auguste Famille dans laquelle les vertus doivent se perpétuer pour l'exemple des Rois et le bonheur des sujets.